AF234692

Bibliografische Information der Deutschen Nationalbibliothek:
Die Deutsche Nationalbibliothek verzeichnet diese Publikation in der
Deutschen Nationalbibliografie; detaillierte bibliografische
Daten sind im Internet über http://dnb.dnb.de abrufbar.

Hrsg. Bernd Brümmer

Umschlagfoto vorne: Willi Schwend
Umschlagfoto hinten: Bernd Brümmer

Herstellung und Verlag:
BoD – Books on Demand, Norderstedt

ISBN: 978-3-752829-78-5

Regina Brümmer

Weihnachtsgeschichten
und Gedichte

Max und das Christkind

Max war ein aufgeweckter, fünf Jahre alter Bauernbub. Der Hof seiner Eltern lag etwas außerhalb des Bergdorfes. Seine beiden Brüder waren viel älter als er, und jeder musste auf dem Hof mitarbeiten. Auch Max hatte seine bestimmten Arbeiten zu verrichten. Jetzt vor Weihnachten gab es noch mehr zu tun als sonst. Letzte Woche hatte Vater ein Schwein geschlachtet, und als alles verwurstet, geräuchert und in Salz eingelegt war, atmete die ganze Familie samt Knecht und Magd hörbar auf. Mutter sagte: „Jetzt machen wir alles für Weihnachten schön." Als erstes bekam die Küche einen neuen Anstrich. Dann wurde geputzt. Jeder Schrank und jedes Schubfach wurden dabei aus- und eingeräumt. Auch die Betten wurden frisch bezogen. Vater und die Brüder kümmerten sich um den Stall und Hof. Dort wurde aufgeräumt und sauber gemacht. Mutter hatte schon mit dem Plätzchenbacken angefangen und Max wartete auf ein Versucherle. Am liebsten war er aber bei seiner Oma, half ihr und ließ sich Geschichten von früher erzählen. Ab und zu schlich er sich in die Küche und stibitzte sich einen Zuckerringel. Er schmeckte wundervoll.

Die Tage bis Weihnachten vergingen Max viel zu langsam. Er wünschte sich vom Christkind eine Holzeisenbahn, aber eine schwarze, so wie eine echte eben aussah. Sein Freund Eberhard hatte eine braune, doch seine sollte viel, viel schöner sein. Max fragte seine

Oma, ob es denn wirklich ein Christkind gebe, das die Geschenke bringt. Oma nickte kräftig mit dem Kopf und sagte: „Aber nur zu den Braven." Da wurde Max nachdenklich, denn brav war er nicht immer gewesen. Erst kürzlich hatten er und sein Freund Eberhard der ganzen Gemeinde einen prima Streich – wie sie meinten – gespielt.

Max hatte von der Magd heimlich das Parfümfläschchen stibitzt. Nur kurz ausgeliehen, sagte sein Freund Eberhard und hatte ihm damit sein schlechtes Gewissen ausgeredet. Sie gingen damit in die Kirche und schütteten den halben Flascheninhalt in das Weihwasserbecken. Dazu kamen noch ein paar Tropfen Gülle aus dem Ochsenstall und ein ganz neuer Duft war erfunden. Bevor die Abendandacht begann, schlichen sie sich auf die Empore und beobachteten die hereinkommenden Leute. Diese tauchten ihre Finger in das Weihwasserbecken und machten andächtig ihr Kreuz. Gleich danach hielten sie kurz inne. Sie verzogen die Gesichter und wischten sich verstohlen mit einem Taschentuch oder dem Ärmel ab und gingen eiligst in ihre Bank. Max und Eberhard schauten von oben zu und hielten sich den Bauch vor Lachen.

Am anderen Abend, als sie mit anderen Kindern im Gemeindehaus das Weihnachtsspiel übten, kam wütend der Pfarrer herein gestürmt. Er schrie so laut, wie sie es noch nie bei ihm vernommen hatten. Der oder die Übeltäter, die das mit dem Weihwasser gemacht hätten, sollten sich sofort melden, sonst käme zu keinem das

Christkind. Alle blieben stumm und Max und Eberhard natürlich erst recht, denn jetzt kroch die Angst in ihnen hoch. Die Nächte bis zum Heiligen Abend waren schrecklich für Max. Immer wieder hatte er Alpträume, in denen das Christkind jedem etwas brachte, nur ihm nicht. Die Mutter hörte Max oft im Schlaf weinen, kam zu ihm und versuchte ihn zu trösten. Doch das machte für ihn alles noch schlimmer. Denn Eberhard und er hatten sich gegenseitig geschworen, niemandem etwas zu verraten, egal was passiert.

Am Abend vor Weihnachten ging Max sehr zeitig zu Bett, denn er fühlte sich richtig krank. Mitten in der Nacht wurde er von einem Geräusch wach. Ganz schlaftrunken wusste er nicht, was für eine Nacht, noch wie viel Uhr es war. Er stand auf und schaute aus seiner Kammer. Da sah er etwas großes Weißes, hinten im Flur um die Ecke davon huschen. Wie erstarrt blieb er stehen. Seine Gedanken purzelten durcheinander. Dann stand für ihn fest, das war das Christkind gewesen. Die Stimme vom Knecht Xaver riss ihn in die Wirklichkeit zurück.

„Mach dass du ins Bett kommst," rief der ihm zu.

„Aber das Christkind...", stammelte Max.

„Wenn du irgend jemandem sagst, was du gesehen hast, ist es aus mit dem Christkind", entgegnete Xaver.

Max hatte vor dem Knecht schon immer ein bisschen Angst gehabt und so beeilte er sich, ja zu sagen und schlupfte schnell in seine Kammer. Nun war er noch schlechter dran als zuvor. Er konnte niemandem sagen, dass er das Christkind gesehen hatte. Nicht einmal seinem Freund, dem Eberhard.

Dann war der Heilige Abend da. Die ganze Familie war in der Kirche gewesen und jetzt warteten die Kinder auf die Bescherung. Max hoffte inständig, dass das Christkind ihm etwas Schönes gebracht hatte. Von dem Gesehenen in der Nacht hatte er ja nichts verraten und an den Streich mit dem Weihwasser dachte er gar nicht mehr. Mutter rief alle in das gute Zimmer. In der Ecke stand ein wunderschön geschmückter Baum. Darunter lagen viele Geschenke, auch eines für Max. Als er es auspackte und die gewünschte Eisenbahn entdeckte, brach er in lauten Jubel aus. Das Christkind hatte ihm seinen Wunsch erfüllt. Er vergaß alles um sich herum.

Da packte ihm jemand am Arm und als er hoch schaute, sah er den Knecht Xaver. Der hielt Max ein Schnitzmesser hin. „Tut mir leid, das ich in jener Nacht so grob zu dir gewesen zu sein. Und das vermeintliche Christkind, das war die Magd Edeltraud gewesen, die werd ich bald heiraten."

„Ach so", Max nickte und bedankte sich freudig. So ein Schnitzmesser hatte bestimmt kein anderer. Und dem Eberhard musste er gleich am nächsten Tag seine viel schönere Eisenbahn zeigen.

Weihnachten einer Katze

Eines Tages fing sie an, diese Unruhe in meinem Haus. Schon viele Jahre lebe ich hier mit einer netten Pflegefamilie. Sie lässt mir natürlich meinen Willen, sonst wäre es ja auch nicht auszuhalten. Diese Unruhe, von der ich erzählen möchte, dauerte vier Wochen lang, und es war in der Winterzeit. Fast jeden Tag wurde etwas Neues hingelegt, hingehängt, an die Fenster geklebt, weggenommen und am anderen Tage war es wieder da. „Alles ist frisch gewaschen", sagte mein Frauchen, denn bald ist Weihnachten. Dabei schaute sie mich ganz vorwurfsvoll an. Warum nur mich? Ich putzte mich doch jeden Tag. Und ich war es doch nicht, welche die Nüsse auf dem Wohnzimmertisch knackte und alles verstreute. Jeden Tag hörte ich jetzt öfters das Wort Weihnachten und da kam mir eine schöne Erinnerung. Vor langer Zeit, als ich auch immer das Wort Weihnachten gehört hatte, bekam ich etwas ganz besonders Gutes zu fressen. Ob es diesmal auch so sein würde?

Dann war dieser Tag auf einmal da. Ich merkte es daran, dass es wunderbar aus der Küche roch. Meine Nase konnte gar nicht genug davon erschnuppern. So unwiderstehlich hatte es damals auch gerochen. Doch hinein getraute ich mich nicht, da der Ofen ein lautes Summen von sich gab, und davor hatte ich einfach Angst. Da ich das Warten gewohnt war, legte ich mich auf meinen Lieblingsplatz am Fenster und schlief ein wenig. Auf einmal klingelte es an der Haustüre und nacheinander stürmten Kinder und Erwachsene herein. Mein Frauchen begrüßte sie alle und sagte gleich: „Seit bitte nicht allzu laut, denn die Katze schläft noch." Doch das störte die Kinder wenig. Sie kamen angeschlichen und fingen an, mich zu streicheln. Zum Glück nur vorsichtig, denn bei dieser Unruhe sank meine Laune ganz erheblich. Schon wollte ich davonflitzen, als mir wieder dieser, ich muss schon sagen, himmlische Geruch in meine Nase stieg. Sofort streikten meine Pfoten und ich ließ die gut gemeinten Streicheleinheiten über mich ergehen. Eines der Kinder versprach: „Heute bekommst du etwas ganz besonders Leckeres, du musst nur noch ein wenig warten." Ich verstand, kuschelte mich wieder in meine weiche Decke und schlief ein.

Irgendwann wurde ich von lautem Geschirrklappern aufgeweckt. Töpfe und Teller wurden auf dem Esstisch verteilt und dabei wusste jeder etwas zu erzählen. Bei den Kindern ging es hauptsächlich um die Weihnachtsgeschenke. Die Erwachsenen bedauerten, dass es wieder keinen Schnee über Weihnachten geben würde und es Leute gab, die einfach über die Feiertage wegfuhren. „Ja, ja", sagte jemand, „sie können wahrscheinlich nichts mit Weihnachten anfangen. Traurig, nicht wahr?" Mein Herrchen kam herein und fragte: „Ist alles da? Setzt euch, wir wollen vor dem Essen beten und Gott danken, dass es uns so gut geht. Nicht überall haben die Menschen genug zu essen. Heute im Gottesdienst werden wir Geld für die Armen spenden."

O ja, es gab arme Geschöpfe. Zum Beispiel einen Artgenossen, den ich ab und zu auf meinen nächtlichen Streifzügen treffe. Er hatte mir sein Leid geklagt, weil er einfach vor die Türe gesetzt worden war und Hunger leiden musste. Nun saßen alle Menschen am Tisch und aßen. Ich richtete mich erwartungsvoll auf. Sie werden mich doch nicht vergessen? Da schaute mich ein Mädchen an und rief: „Hallo, Strolchi!" Damit war ich gemeint. Mein Herz fing schneller an zu klopfen. „Wir haben etwas Feines für dich aufgehoben", sprach das Mädchen weiter. Na endlich! Ich sprang auf und lief zu meinem Napf. Unter weihnachtlichen Gesängen fraß ich mich durch die guten Sachen und merkte gar nicht, wie mein Bauch dicker und dicker wurde. Fast hatte ich Schwierigkeiten wieder auf meinen Platz zurück zu springen. Jetzt war das Putzen meines Felles angesagt. Derweil packten die Menschen ihre Weihnachtsgeschenke aus. Doch dieses Geraschel und Geknister war überhaupt nichts für meine empfindlichen Ohren, so dass ich durch die Türklappe ins Freie verschwand.

Kaum war ich draußen, fingen überall die Glocken an zu läuten und ich dachte, es müsse doch ein besonderer Tag für die Menschen sein. Nach dem Rundgang durch mein Revier ging ich wieder ins Haus. „Wir gehen zum Weihnachtsgottesdienst," sagte das kleine Mädchen, als es mich sah. „Wenn es dir zu langweilig wird, schau doch mal in die Krippe. Sie steht unter dem Christbaum. Ich habe dort für dich ein Weihnachtsgeschenk versteckt. Weißt du, heute vor vielen Jahren ist unser Heiland geboren, der alle Welt erlöst hat." Was damit gemeint war, verstand ich nicht. Ich war froh, wieder alleine zu sein. Auf meiner Kuscheldecke machte ich es mir gemütlich und träumte vor mich hin.

Von dem Rumoren in meinem Bauch wurde ich wieder wach. Ich hatte einfach zu viel gefressen. Es gibt aber auch kaum etwas Schöneres für mich. Außer es läuft mir mein Erzfeind, ein dicker, fetter Kater von der unteren Straße über den Weg. Es ist eine besondere Freude, ihm zu zeigen, dass ich der Stärkste im ganzen Umkreis bin. Doch jetzt fiel mir wieder ein, was das Kind zu mir gesagt hatte. Ein Geschenk läge für mich in der Krippe. Vorsichtig schlich ich mich hin. Da standen kleine Holztiere und in der Krippe lag ein kleines Kind. Natürlich kein echtes, so schlau war ich schon. Dahinter sah ich einen Mann und eine Frau, die auch aus Holz geschnitzt waren. Das sollten wohl die Eltern sein. Überall war Heu ausgestreut und auf dem Dach des Krippenhauses saß ein Engel mit einer Trompete im Mund. „Ist ja alles recht nett, aber doch nichts für mich", sagte ich zu mir selber. Doch dann roch ich etwas und krallte meine Pfote ins Heu der Krippe. Blitzschnell, damit dem Kindlein ja nichts passierte, zog ich ein Stück Käse hervor. Es war mein Lieblingskäse. Und das war wohl das Geschenk, von dem das Mädchen gesprochen hatte. Unter genüsslichem

Schnurren fraß ich es ganz auf. Gerade, als ich die Krippe noch einmal genau untersuchen wollte, wurde es wieder laut. Mit einem großen Satz hüpfte ich auf meinen Platz und tat so, als ob ich immer noch fest schliefe.

Die Menschen kamen von der Kirche nach Hause, stürmten ins Zimmer und redeten durcheinander. Ich verstand nur „schön, feierlich, Christbaum, Weihnachtslieder, Kirche voll Leute, schon lang nicht mehr gesehen". Die Ruhe war dahin. Sie setzten sich an den Tisch und aßen Weihnachtsplätzchen und jeder erzählte, welche er am liebsten mochte. Auf einmal fragte Frauchen: „Wer hat denn die Tiere bei der Krippe umgeschmissen? Es ist ja alles durcheinander!" Dann schaute sie mich ganz böse an und sagte: „Du...!" Oh weh, dachte ich, nichts ist schlimmer, als wenn mein Frauchen böse auf mich ist. Schon wollte ich flüchten, doch das kleine Mädchen kam zu mir, streichelte mich und sagte: „Oma, bestimmt wollte sich die Katze das Jesuskind auch mal anschauen und..." Da fingen alle an zu lachen.

Weihnachtszeit

Erinnerung an schöne Tage,
voll Erwartung auf das Fest,
wenn man bastelte viel Sterne
und vom Kleber sucht den Rest.
Viel Papier ward da zerschnitten,
fest gefaltet und bemalt,
Mama hat dazu geholfen
und der Papa hat`s bezahlt.

Opa saß am Kachelofen
mit der Pfeife in dem Mund.
Und das jüngste von uns Kindern
sang die Lieder kunterbunt.
Oma buk die besten Plätzchen
mit Honig und auch Mandelkern,
denn sie wusste unser Vater,
hatte sie besonders gern.

Mutter ging im ganzen Hause
einmal auf und einmal ab,
dabei sagte sie dem Vater:
„Hör, das Holz wird langsam knapp."
In dem Schrank da waren Päckchen,
groß und kleine golden schön,
doch von uns getraut sich keiner,
einmal nur danach zu sehn.

Unsre liebe Tante Anna
hatte Strümpfe uns gestrickt,
doch mit ihren guten Gaben
unsre Mutter nur erquickt.
Denn nicht immer war'n sie passend
und sie kratzten öfter mal.
Ja, bestimmt könnt ihr euch denken,
ab und zu wurd dies zur Qual.

Die Schuhe waren eingefettet,
denn es lag schon sehr viel Schnee
und wir durften dann am Mittag
Schlittschuh laufen auf dem See.
Mein Cousin, sehr unvorsichtig,
brach ins morsche Eis mal ein.
Zitternd ging er – auch vor Schelte –,
den Kopf hängend, furchtsam heim.

Von der Kälte bitzelten
alle Finger und der Zeh,
ab damit ins kalte Wasser,
trotzdem tat es lang noch weh.
Müde saß man dann am Tische,
aß ganz still in sich hinein
und es war gar nicht so selten,
dass man schlief dabei schon ein.

Dieses alles war vergessen,
war der Heilige Abend da.
Ach, wie strahlten unsre Augen,
als das Christkind war so nah.
Glockenläuten, Weihnachtslieder,
alle sangen wir sie wieder,
und die Stube war voll Glück.
Heute da ich älter bin,
denk ich gern daran zurück.

Die Flucht

Es war Weihnachten 1944. Endlich, am Nachmittag des Heiligen Abend kam Opa nach Hause. Sein letzter Besuch bei uns war vor drei Wochen gewesen. Er war Maschinist auf einem Versorgungsschiff, das immer im Einsatz war. Uns allen, meiner Oma, meiner Mutter, meinem Bruder und mir, hatte er fest versprochen, dass er zu Weihnachten nach Hause kommen würde. Und jetzt war er da.

Die Freude war riesengroß, denn er brachte immer etwas Besonderes zum Essen und Süßigkeiten für uns Kinder mit. Von unserem Vater hatten wir schon vor ein paar Tagen einen Brief aus Emden erhalten. Er war dort bei der Marine stationiert und durfte nicht weg. Wir waren froh, dass wenigstens Opa mit uns Weihnachten feiern konnte. Und so hielt sich die Enttäuschung über die Abwesenheit unseres Vaters in Grenzen.

Für uns Kinder hatte Opa Stühlchen und ein dazu passendes Tischchen gebastelt, auf dem wir freudig unsere Süßigkeiten ausbreiteten. Mutter schmückte einen kleinen Tannenbaum und nach dem Essen sangen wir Weihnachtslieder. Opa am lautesten, denn er hatte eine schöne Bassstimme. Oma weinte ein paar Mal, denn sie war überzeugt, dass dies das letzte Weihnachtsfest in der Heimat sein würde. Einen Gottesdienst gab es vielleicht noch in der Festungskirche von Pillau. Aber es wäre für uns alle zu anstrengend gewesen, dorthin zu gehen, denn es war zu kalt. Das Thermometer zeigte zwanzig Grad unter Null an.

Am ersten Feiertag schob Oma eine Gans in den Bratofen und alle warteten ungeduldig, bis sie gar war. Opa hatte die Gans von seinem Kameraden, der von einem Bauernhof stammte, geschenkt bekommen. In diesen Tagen wären bestimmt viele Menschen froh gewesen, noch so ein gutes Essen zu haben. Unserer Oma wollte es jedoch nicht so recht schmecken. Sie dachte an die unsichere Zukunft, auch wenn im Radio immer von Siegen gegen die Russen zu hören war.

Am zweiten Feiertag musste Opa wieder fort, und es gab einen herzzerreißenden Abschied. Im neuen Jahr geisterten immer mehr Gerüchte durch die Ostseestadt Pillau, die Russen kämen näher. Manche sagten, sie hätten schon Kanonendonner aus der Richtung Königsberg gehört. Bald trafen auch schon viele Flüchtlinge aus der Region Tilsit ein. Tilsit war eine schöne Hochschul- und Theaterstadt. Sie liegt an dem Fluss Memel über den die „Königin Luise Brücke" nach Litauen führt. Die Flüchtlinge von dort erzählten viele Greuelgeschichten und die Einheimischen bekamen immer mehr Angst. Doch für die Bewohner der Stadt Pillau und des Kreises war es unter Strafe verboten, fortzugehen. Und so mussten sie da bleiben, trotz ihrer Angst vor dem Feind.

Die Rotkreuzstelle am Hafen hatte ihre liebe Not, die ankommenden Flüchtlinge zu versorgen. Die Lebensmittel wurden langsam knapp. Immer mehr Menschen kamen und viele hatten schon seit Tagen nichts mehr gegessen. Am schlimmsten war es für die Kleinkinder, denn unterwegs gab es kaum warme Milch oder ein kindgerechtes Essen. So erfroren und verhungerten viele der Kinder auf dem Weg. Auch Alte und Kranke waren den Strapazen nicht gewachsen und starben an Entkräftung. Die Leichenhallen füllten sich schnell, denn eine Erdbestattung war bei dem gefrorenen Boden nicht möglich. Später sah man viele Tote, die einfach am Straßenrand abgelegt worden waren. Die Menschen hatten einfach genug mit sich selbst zu tun, um zu überleben, und die Angst vor den Russen war riesengroß. Eine unübersehbare Menge Flüchtlinge stand am Hafen und wartete, dass sie ein Schiff mitnahm und sie dem Elend entkamen.

Bei den Einwohnern Pillaus und Umgebung schlich sich große Angst ein, doch noch immer gab es keine Genehmigung fortzugehen. Dann erfuhr man, dass die „Oberen" sich schon abgesetzt hatten. Meine Mutter ging daraufhin zur Marinekommandatur, um sich nach Schiffskarten zu erkundigen. Doch sie fand das Eingangstor verschlossen vor. Alle waren einfach geflüchtet. Am anderen Morgen sah meine Mutter einen Lazarettzug in den Bahnhof einfahren. Es dauerte nicht lange, da klopfte es an die Türe. Zwei verwundete Soldaten baten meine Oma, ob sie ihnen nicht einen Pudding, das Pulver dazu hatten sie, mit Wasser oder besser noch mit Milch, kochen könne. Oma versorgte die beiden gut. Sie durften sich von Kopf bis Fuß waschen und jeder bekam etwas von Opas oder Papas Kleidern, denn ihre eigene waren sehr abgetragen und zu dünn für diese Kälte. Sie erzählten, dass die Front schon sehr nahe sei, denn die Übermacht der Russen wäre einfach zu groß. Als sie wieder gingen, versprachen sie, sich nach einem Platz im Zug für uns umzusehen. Etwas später kam einer wieder und sagte, dass der Zug keine Genehmigung zum Weiterfahren hätte und wann es weiter ging, wüsste auch keiner. Die einzige Möglichkeit wäre, mit einem Schiff fortzukommen.

Am Abend fingen Mutter und Oma an zu packen. Als gegen Morgen unsere Flurnachbarn fortgingen, gab es auch für uns kein Halten mehr. Unsere Flucht begann. Es war der 24. Januar 1945.

Oma erzählte erst Jahre später, wie schwer es für sie gewesen war, alles stehen und liegen lassen zu müssen. Sie war so stolz auf ihr schönes Geschirr und auf die mühsam ersparte Bettwäsche gewesen. Auch meine Mutter konnte nur ganz wenig von ihrer Aussteuer mitnehmen, denn das Wichtigste waren Lebensmittel und Kleider. Oma verteilte etliche Familienbilder auf dem Küchentisch, bevor sie mit uns die aufgeräumte Wohnung verließ. Opa, der am anderen Tage nach uns sehen wollte, fand dann nur noch die Bilder und nahm sie mit. Uns Kindern erzählte Opa später, dass er wie ein Schlosshund geheult hatte, weil er uns nicht mehr in der Wohnung antraf.

Meinem Bruder und mir zog man so viel wie möglich an und setzte uns in den Kinderwagen. Er war mit ein paar Decken und Kissen ausgepolstert, denn es hatte immer noch 20 Grad unter Null. Oma und Mutter trugen jede einen Koffer und einen Rucksack auf dem Rücken. Meine Mutter lief voraus zum Hafen, um zu schauen, welches Schiff Flüchtlinge mitnahm. Unterwegs traf sie unsere Tante mit ihren beiden Buben. Hunderte Leute strömten an den Hafen und wir mussten uns in eine lange Schlange einreihen, um auf das Schiff zu kommen. Als wir fast am Fallreep waren, hörten wir die Matrosen rufen: „Nur die weit Angereisten dürfen auf das Schiff!" Geistesgegenwärtig rief meine Tante: „Wir sind alle aus Labiau und Hindenburg." Das war ungefähr neunzig Kilometer entfernt und die Geburtsstadt von Oma, Opa, meiner Mutter und meiner Tante. Es war wohl nicht gelogen, doch wohnten wir schon eine Weile in Pillau. Da gerade ein Auto mit einem hoch dekorierten Offizier und seiner Frau ankam und die Matrosen dadurch abgelenkt wurden, gelangten wir auf das Schiff, ohne uns ausweisen zu müssen.

Kaum waren wir oben an der Reling, gab es ein großes Geschrei. Matrosen zogen eine Gestalt vom Schiff herunter, die sich jammernd wehrte. Eine Frau schrie immer wieder laut: „Das ist ein Mann, das ist ein Mann!" Ja, es war ein armseliges Häufchen Mann, der sich als Frau verkleidet hatte, um diesem scheußlichen Krieg zu entkommen. Er wurde erbarmungslos von der Militärpolizei abgeführt und bestimmt erschossen.

Das Schiff war mit Flüchtlingen überfüllt und wir

mussten uns in irgendeinem Gang hinsetzen. Vielen wurde es schon nach den ersten Kilometern schlecht, die Toiletten waren immer besetzt und es stank bald nach Erbrochenem. Das Schiff schlich sich die Nacht und einen Tag an der „Kurischen Nehrung" entlang bis nach Danzig. Dort mussten wir alle von Bord, denn der Kapitän wagte es nicht, weiter zu fahren, weil die See zu vermint wäre und auch Luftangriffe zu erwarten wären. Wir wurden in eine nahe gelegene, große Lagerhalle geschickt und keiner wusste, wie es weitergehen sollte.

Am nächsten Morgen, den 26. Januar, hatte ich Geburtstag und bekam schwarzen Kaffee und ein Stück trockenes Brot. Oma massierte uns Kinder immer wieder, weil wir von der Kälte schon ganz steif wurden. Meine Mutter und meine Tante gingen sich umhören, wie man von hier fortkommen könnte. Sie erfuhren, dass ein Sanitätszug angekündigt war und vielleicht ein paar Waggons für Flüchtlinge angehängt würden. Schnell gingen wir alle zum Bahnhof und standen lange im eisigen Wind, bis der Zug kam. Als die Wagen angehängt wurden, nahm das Gedränge immer mehr zu. Rücksichtslos erkämpften sich viele einen Sitzplatz. Doch noch mehr mussten mit dem Boden vorlieb nehmen. Hauptsache, man war drinnen. Mit viel Glück eroberte Oma einen Sitzplatz. Mein Bruder, meine Mutter und ich saßen viele Stunden auf unseren Koffern. Als Oma einmal ihren Koffer öffnete und etwas zu essen für uns Kinder heraus holte, starrten viele hungrige Augenpaare darauf.

Auf die Zugtoilette zu gehen war ein Hindernislauf. Die meisten gingen ins Freie, wenn der Zug hielt. Das war oft der Fall, denn immer wieder gab es Fliegeralarm und der Zug bekam den Befehl anzuhalten. Als er wieder einmal hielt, ging meine Mutter wie andere Frauen auch in ein nahe gelegenes Dorf, um für uns Kinder nach Milch zu betteln. Sie mussten sich durch den tiefen Schnee kämpfen und hatten noch nicht einmal das Dorf erreicht, als die Lok zur Abfahrt pfiff. Meine Tante lief zum Lokomotivführer und bat ihn auf Knien zu warten. Doch dieser sagte, er habe Befehl sofort weiter zu fahren. Meine Mutter und die anderen Frauen schrien aus der Ferne, als sie sahen, dass sich der Zug in Bewegung setzte. Nach ein paar Metern blieb er ruckartig wieder stehen. Schweißnass und nervlich am Ende kam meine Mutter zurück und traute sich nun nicht mehr fortzugehen.

Wir Kinder dösten hungrig und frierend vor uns hin, wie viele andere auch. Die Waggons erwärmten sich nicht. Draußen war es immer noch eisig kalt. Die Menschen saßen zusammengekauert da und zitterten vor Kälte. Aus dem hinteren Teil des Zuges hörte man die Schreie und das Stöhnen der Verwundeten.

Es dauerte nicht lange, bis man die ersten Toten aus dem Zug tragen musste. Kleinkinder traf es zuerst, da es ja nichts Wärmendes gab. Und die Menschen aus dem nördlichen Grenzgebiet von Ostpreußen waren schon wochenlang auf der Flucht. Hatte man sich am

Anfang der Fahrt noch erregt unterhalten, so wurde es jetzt immer stiller. Jeder hatte mit seinen eigenen Befindlichkeiten zu tun.

Nach fünf langen, schrecklichen Tagen und Nächten, hielt der Zug in einem Bahnhof mit dem Namen „Pasewalk". Wir waren in Schlesien angekommen und alles musste aussteigen. Warum der Zug nicht weiter fuhr wusste keiner, aber zum ersten Mal kamen Rotkreuzschwestern und kümmerten sich auch um die Flüchtlinge. Oma fiel ein, dass entfernte Verwandte hier wohnen mussten. Nach langem Herumfragen fanden wir das Haus. Als sie uns so verfroren und hungrig vor der Tür sahen, nahmen sie uns sehr herzlich auf. Wir konnten uns baden und es gab endlich etwas Warmes zu essen. Wir erfuhren, dass die Lagerhalle in Danzig, kurz nachdem wir sie verlassen hatten, von einer Bombe total zerstört worden war. „Wir haben einen Schutzengel gehabt", sagte Mutter zu uns.

Nach zwei Wochen gab es Befehl, dass alle Flüchtlinge mit dem kommenden Zug mitfahren müssen. Der Zug fuhr nach Kiel in Schleswig-Holstein. Obwohl es unterwegs wieder viele Fliegerangriffe gab, kamen wir unbeschadet dort an. Nach ein paar Tagen schickte man uns weiter in das Fischerdorf Schönberg nahe dem Marinedenkmal von Labö. Das Einwohnermeldeamt wies uns zwei Zimmer zu. Doch die Hausbesitzer waren darüber überhaupt nicht erfreut. Aber so war es wohl fast überall. Flüchtlinge waren nirgends erwünscht, weil man ja etwas hergeben musste. An erster Stelle war es ein Zimmer, dann Kleider und Geschirr, Möbel und anderes. Doch gute Leute gab es zum Glück auch. Am liebsten ging ich mit meiner Mutter zum Metzger, denn von ihm bekam ich immer ein Stückchen Wurst geschenkt. Und mein liebster Satz mit zwei Jahren war „Ein Fleisch haben".

An den Fliegeralarm kann ich mich heute noch erinnern. Die Flugzeuge flogen über uns hinweg und bombardierten die Großstädte, ganze Wellen von Bombenteppichen ließen die Erde erzittern und die Menschen duckten sich verängstigt in den Luftschutzbunkern.

Opa hatte unbeschreibliches Glück. Er war bei den allerletzten Matrosen die noch am 25. April 1945 mit einem kleinen Dampfer unbeschadet den Hafen der Seestadt Pillau verlassen konnten, obwohl die Russen schon überall waren. Über die Halbinsel Hela und weiter über die Insel Bornholm gelangte er nach Travemünde. Nach kurzer Gefangenschaft in Eckernförde, kam er zu uns nach Schönberg.

Unser Vater wurde mit seinen Kameraden in Emden von den Engländern gefangen und in ein Lager nach Belgien gebracht. Im Oktober 1945 ließen die Engländer die Gefangenen wieder frei. Es war eine unbeschreibliche Freude, als es eines Tages an unsere Wohnungstüre klopfte und unser Vater unversehrt vor uns stand.

Und dann war wieder Weihnachten. Wir feierten ganz bescheiden, denn mit den Lebensmittelkarten gab es nur das Nötigste. Opa sagte: „Wir können froh und dankbar sein, dass wir zusammen sind." Und dann sangen wir „O du fröhliche, o du selige, Gnaden bringende Weihnachtszeit".

Der Streit

Lisa und Anna waren schon lange dicke Freundinnen. Bereits ab dem ersten Schultag, als die Lehrerin sie nebeneinander gesetzt hatte, konnten sie sich gut leiden und so blieben sie die ganze Zeit die besten Banknachbarinnen. Es wäre alles wunderschön gewesen, doch sie durften sich nicht gegenseitig besuchen. Die Väter der beiden Mädchen hatten sich gestritten und jeder verbot den Umgang mit der Freundin. Dieser Streit hatte vor vielen, vielen Jahren begonnen, als die Mädchen noch gar nicht geboren waren.

Es war an einem schönen Frühlingstag, als beide Väter ihre Felder, die nebeneinander lagen, pflügten. Am nächsten Tag beschuldigte jedoch einer den anderen, über sein Feld gefahren zu sein, wodurch tiefe, unregelmäßige Furchen entstanden wären. Von diesem Tag an sprachen sie nicht mehr mit einander und auch die Familienmitglieder gingen sich aus dem Weg. Dass aber der eine wie der andere unschuldig und ihr Streit völlig grundlos war, erfuhren sie erst viel später.

Lisa und Anna konnten sich nur heimlich in einer Scheune treffen, um zusammen zu spielen. Eines Tages, Weihnachten war nicht mehr weit, standen sie zitternd in der Scheune und erzählten sich ihre Wünsche, die sie an das Christkind hatten. Lisa wünschte sich eine Puppe und ein Buch. Anna zählte etliche Wünsche auf, doch dann sagte sie zu Lisa: „Weißt du, was ich mir am meisten wünsche? Ich wünsche mir, dass sich unsere

Eltern wieder vertragen." „Oh ja, das wäre das schönste Weihnachtsgeschenk", rief Lisa. „Doch was können wir tun?" Sie dachten angestrengt nach. Auf einmal hatte Lisa eine Idee. „Weißt du was wir machen?", sagte sie zu Anna. „Jede von uns schreibt den Eltern eine Weihnachtskarte mit Einladung zum Kaffee. Dabei muss es so aussehen, als wenn die Einladung von deiner Mutter an meine Mutter ist und umgekehrt." „Aber wir können doch nicht so schreiben wie unsere Mütter", entgegnete Anna. „Das lass nur meine Sorge sein", schmunzelte Lisa. „Ich glaube, Oma macht das für uns. Kürzlich hörte ich sie zu Mutter sagen, dass so ein Streit um ein paar Ackerfurchen wirklich albern sei."

Gesagt, getan. Lisa weihte Oma in ihren Plan ein und diese schrieb beide Weihnachtskarten mit der Einladung zum Kaffee, aber in altdeutscher Schrift, so wie sie es gelernt hatte. Am Morgen des Heiligen Abend steckten Anna und Lisa die Karten heimlich jeweils in den eigenen Briefkasten. Sie konnten es kaum erwarten, was aus der Einladung werden würde. Denn jede Familie hatte doch bestimmt im Briefkasten nach Post geschaut und am Abend würde man sich zur Christvesper in der Kirche treffen.

Dann war es endlich soweit. In der Kirche saß Lisa mit ihren Eltern genau hinter Anna und deren Eltern. Als sie sich bemerkten, lächelten sie sich verstohlen zu und nickten mit dem Kopf. Als die Orgel das Schlusslied gespielt hatte, erhoben sich alle und Lisas und Annas Eltern schüttelten sich die Hand und wünschten sich ein gesegnetes Weihnachtsfest. Die Mütter bedankten sich gegenseitig für die Einladung und Lisas Mutter lud sie sogleich für nächsten Sonntag zum Kaffee ein. Kinder und Oma beobachteten gespannt die Situation und waren glücklich, dass bis jetzt alles so gut geklappt hatte. Erst recht, als sie sahen, wie sich die beiden Väter schon angeregt unterhielten.

Zu Hause beim Abendessen sagte Lisas Mutter: „Wie schön, dass der dumme Streit nun endlich vorbei ist." Vater stimmte dem kopfnickend zu: „Ja, ja, ich habe mich eigentlich mit Annas Vater immer gut verstanden."

Bei Anna zu Hause war es so ähnlich. Nur wunderte sich Annas Mutter, warum die Einladung in deutscher Schrift geschrieben war. Lisas Mutter war so alt wie sie und in der Schule schrieben sie doch lateinische Buchstaben. Sonderbar war auch, dass sich Lisas Mutter nach der Kirche recht herzlich für die Einladung zum Kaffee bedankt hatte. Sie hatte doch eigentlich von ihr die Einladung bekommen.

Es wurde ein wunderschöner Kaffee-Nachmittag, erst recht für Lisa und Anna. Jetzt konnten sie endlich richtig zusammen spielen und brauchten sich nicht mehr heimlich zu treffen. Die Eltern der Mädchen verstanden sich prächtig. Und als nach zwei Stunden der selbst gebrannte Birnenschnaps seine Wirkung entfaltete, stimmten die Väter ein verspätetes Weihnachtslied an. Erst am Abend verabschiedete man sich voneinander. Beim Hinausgehen hörte Lisa ihre Mutter zu Annas Mutter sagen: „Warum hast du denn eigentlich die Weihnachtskarte in deutscher Schrift geschrieben?"

„Ich? Ich weiß von keiner Karte", wunderte sich Annas Mutter. „Du hast mir doch eine Einladung in deutscher Schrift geschrieben." Verständnislos sahen sie sich an, bis plötzlich Lisas Mutter ein Licht aufging: „Nur unsere Oma schreibt in deutscher Schrift. Irgendetwas ist doch faul an der ganzen Sache." Oma stand währenddessen mit den Mädchen hinter den beiden und lauschte. Ihr Grinsen wurde immer breiter, bis sie es nicht mehr aushielt und herzhaft loslachte. Verwundert drehten sich die beiden Mütter zu der alten Frau um, die daraufhin alles aufdeckte. Und Lisa meinte dazu: „Mutter, auch der Religionslehrer hat gesagt, wie denn Frieden in der Welt sein soll, wenn sich nicht einmal die Nachbarn vertragen." Die Mutter strich dem Mädchen über den Kopf und lächelte. Fragend schaute sie die Männer an und meinte: „Habt ihr das gehört?" „Oh ja, wir hören gut", sprachen sie wie aus einem Munde und lachten.

Die Ursache für den Streit wurde von keiner der beiden Familien mehr erwähnt. Erst später am Sterbebett des alten Großbauern Hans, erfuhren sie, dass ihm bei der Arbeit das Pferd samt Pflug ausgekommen war. Bei seiner überstürzten Flucht war das Pferd über die Felder der beiden Männer gerannt und hatte die unregelmäßigen Furchen verursacht. Hans, der am Stammtisch immer mit seinem Pferdeverstand prahlte, war das so peinlich, dass er darüber einfach geschwiegen hatte.

Der viele Schnee

Jetzt endlich haben wir den Schnee,
ob in de Gasse, auf der Höh,
kein Mensch brauch sich jetzt noch beklagen,
dass wir ne Erderwärmung haben.
Wo du auch hinguckst, nix als Schnee,
so sauber war's scho lang nimmee!

Nur Wintersportler tun sich freue,
die brauchen nirgens Salz zu streue,
die wedeln runner mit dem Schi,
machst des bei uns, do fliechst de hi,
denn überall da sitzen Haufe,
da kannst du höchstens Slalom laufe.

Und kalt ist es bei uns geworde,
da machste kei Vergnügungfahrte.
Du isst, was du noch hast im Haus,
vom Eisschrank nimmst die Sache raus,
Verfallsdaten guckst du dir an,
der Schnee hat leider gar keins dran.

Um sieben Uhr, da musst du raus,
fegen, schieben, rings ums Haus.
Von wegen, länger noch zu liegen,
die Stadt, sie hat's uns vorgeschrieben,
bis Nachts um Achte musst du fegen,
erst dann darfst dich zum Schloffe legen.

Die Füß sind kalt, weh tun die Knoche,
du tust du dir noch ein Teechen koche.
Im Fernsehn siehst du die Nachrichten,
das Geld ist knapp tun sie berichten,
die Banken haben keines mee.
Ja geht halt raus, da liegt der Schnee.

Und weil's jetzt so kalt, da zieh ich mir an,
von de Oma den Schlüpfer, die lange Unnerhos
vom Mann.
Die dicksten Socken tun mich ziern,
auch nachts im Bett will ich nicht friern.
Zwei Wärmflaschen, ein angerautes Hemd,
mein Mann der klagt, ich werd ihm fremd.

Dann ist's genug mit diesem Schnee,
ich kann ihn einfach nicht mehr sehn.
Und singt jetzt noch einer: Schneeflöckchen,
wann kommst du geschneit?
Tut das Flöckchen bedauern, weil der Weg
ist so weit.
Sag ich: Du, Flocke, bleib doch daham,
denn ich konn bei dem Wetter ach nit fortfahrn.

Ja, ja, so ist's halt mit dem Schnee,
ist er lang da, will ihn keiner mehr sehn.
Genauso geht's mit dem lieben Besuch,
nach drei Tag hat man von ihm schon genug.

Doch fehlt Schnee an Weihnachten,
jammern die Leut:
Früher war's schöner, viel schöner als heut.
Wie es auch kommt, keinem ist's recht.
Wie schön, dass niemand von uns
das Wetter mecht!

Weihnachten mit Oma

„Wie feiern wir denn dieses Mal Weihnachten?", fragte Klaus, der Jüngste der Familie. „Schade, dass Oma nicht mehr bei uns ist. Sie konnte immer schöne Geschichten aus ihrer Jugendzeit erzählen. Können wir sie nicht an einem Weihnachtstag zu uns holen?" „Ja, das wäre schon schön. Aber wer hat die ganze Arbeit, doch nur ich," antwortete Mutter. „Ihr wisst, Oma lässt sich nur von mir alles machen. Und manchmal erkennt sie mich auch nicht mehr", seufzte sie. Irene, die ältere Schwester von Klaus, sagte zu ihrer Mutter: „Mama, ich würde dir doch helfen. Außerdem brauchen wir an diesem Tag doch nicht so ein großes Essen zu machen. Ich backe auch Omas Lieblingskuchen." „Oh, das ist aber schön von dir", erwiderte der Vater, „vergiss nur nicht ihre Lieblingsplätzchen."

Mutter hatte vor etlichen Wochen einen Bandscheibenvorfall bekommen und war operiert worden. Deswegen konnte sie Oma nicht mehr versorgen und Oma war ins Pflegeheim gekommen. Es musste einfach sein, aber Mutter hatte immer Gewissensbisse, wenn sie Oma im Heim besuchte. Das Gedächtnis von Oma hatte ganz schnell abgebaut. Es tat Mutter immer wieder weh, wenn Oma sie nicht mehr erkannte und fragte, wer sie denn sei. Nun würde Oma das erste Weihnachten im Heim erleben. Doch Mutter war richtig froh, dass die Familie beschlossen hatte, Oma an einem Weihnachtstag zu sich zu holen.

Dann war es so weit und Vater holte Oma mit dem Auto ab. Er führte sie ins Wohnzimmer mit dem geschmückten Baum und dem festlich gedeckten Tisch. Oma lächelte und sagte: „Ein schöner Baum, ich habe ihn geschmückt, wisst ihr das?" Keiner widersprach ihr. Freudig begrüßten die Kinder Oma und führten sie an den Tisch zum Essen.

„Beten!", befahl Oma, „Wie früher, das gehört dazu." Mehr sagte sie nicht, aber sie lächelte alle an. Mutter freute sich, dass Oma eifrig aß und alles so gut klappte. Nachdem alle mit dem Essen fertig waren, setzten sie Oma in ihren Sessel. Den hatten sie extra vom Dachboden herunter geholt, damit Oma sich auch wohl fühlt. Es dauerte nicht lange und Oma schlief ein.

Zur Kaffeezeit wurde Oma wieder wach. Als sie ihren Lieblingskuchen sah, wollte sie sofort ein Stück davon haben. Irene schnitt ein Stückchen ab und wollte ihr den Teller hinstellen, doch Oma sagte barsch: „Wer bist denn du? Von dir nehme ich keinen Kuchen, geh weg!" Irene wich erschrocken zurück. Mutter nahm ihr den Teller aus der Hand und stellte ihn auf den Tisch. Sie flüsterte zu Irene: „Das musst du nicht persönlich nehmen, das ist ihre Krankheit."

Später fragte Klaus: „Mutter, soll ich ein paar Lieder auf der Gitarre spielen? Vielleicht gefällt ihr das." „Ja, das ist vielleicht gut", meinte der Vater. Klaus spielte Weihnachtlieder und sie sangen dazu. Oma lächelte wieder und nach einer Weile sang sie ein paar Strophen leise mit. Am Abend fuhren Vater und Klaus Oma wieder zurück in das Pflegeheim. Unterwegs fragte sie ein paar Mal, wer denn der Mann am Steuer sei. Klaus sagte: „Oma, das ist doch Mamas Mann." „Das weiß ich besser", antwortete Oma, „du bist der Mann." Klaus musste lachen und fragte: „Oma, hat es dir heute bei uns gefallen?" Doch Oma antwortete nicht. Als Vater und Klaus sich dann von ihr verabschiedeten, drückte sie jedem die Hand und sagte leise: „Weihnachten zu Hause, danke!"

Der Bergbauer an Heiligabend

Es schneite schon die ganze Woche. Der Schnee fiel in dicken Flocken auf den gefrorenen Boden und blieb liegen. Die Bäuerin vom Berghof schaute aus dem Fenster und dachte an den kommenden Tag. Wie schön wird es sein, wenn wir mit dem Schlitten am Heiligen Abend zur Kirche fahren können. Doch was konnte nicht noch alles passieren, huschte ihr ein Gedanke durch den Kopf. Sogleich war er auch schon verschwunden, denn die Kinder stürmten herein und wollten Geschenkpapier.

Es dämmerte bereits, als der Bauer mit einer großen Fuhre Holz von dem Hochwald nach Hause kam. Die ganze Woche hatte er da oben Bäume gefällt, und sein Arbeitspferd hatte sie an den Wegrand gezogen. Dort hatte er die Stämme zersägt und das Holz auf den Wagen geladen. Es war eine schwere Arbeit, doch der Bauer tat sie gerne, und im Winter hatte er dafür Zeit. Beim Abendessen sagte er zu seiner Frau, dass er am anderen Morgen noch einmal hinauf wolle, um die restlichen drei Stämme zu holen. Die Bäuerin mahnte ihn, dass am Tag des Heiligen Abend doch kein Mensch mehr in den Wald gehe. „Es läuft dir doch nichts davon", sagte sie, „ich dachte, du hilfst mir noch, den Christbaum aufzustellen. Die Kinder wollen ihn doch schmücken." „Nein", erwiderte der Bauer, „erst, wenn ich zurück bin. Und schmücken werd' ich ihn alleine, wie immer."

Da half alles Bitten seiner Frau nichts, der Bauer ließ sich einfach nicht von seinem Plan abbringen. Schon sehr früh am folgenden Morgen fuhr er in den Wald und fing an, seine letzten Stämme zu zersägen. Die Arbeit ging gut voran und er freute sich, dass er bald fertig sein würde. Gerade, als er das letzte Stück Holz auf den Wagen heben wollte, rutschte er auf dem unebenen und glatten Boden aus und fiel hin. Das zwei Meter lange Stück rutschte aus seinen Händen, er konnte nicht ausweichen, das schwere Holz kippte auf sein linkes Bein und drückte ihn zu Boden. Er schrie auf, denn es tat höllisch weh.

Als der größte Schmerz nachgelassen hatte, versuchte er aufzustehen. Doch er konnte nur das gesunde Bein belasten. Es wird doch nicht gebrochen sein, dachte er. Was mache ich jetzt nur? Mich auf den Wagen setzen und heimfahren, geht nicht. Der Weg ins Tal ist viel zu steil, da muss die Wagenwinde immer auf und zu gedreht werden. Vielleicht kann ich mich auf mein Pferd setzen. Er kroch zu ihm hin und spannte es aus. Dann krabbelte er auf einen Stein , lockte das Pferd zu sich und versuchte sich hochzuziehen. Doch es war hoffnungslos, die Schmerzen waren zu groß.

Nun suchte er sich einen Stock, stützte sich auf ihn, nahm die Zügel in die Hand und humpelte hinterdrein. Es ging nicht lange gut, weil es steil bergab ging. Er fiel der Länge nach hin und wurde vom Pferd hinterher gezogen. Schon nach zehn Metern musste er loslassen. Er war über und über mit Schnee bedeckt. Wegen der Schmerzen hatte er auch keine Kraft mehr, sich festzuhalten. Sein Pferd trabte weiter und es kam ihm gar nicht in den Sinn, halt zu rufen. Da ergriff ihn Panik. Es wurde ihm bewusst, dass er ganz alleine im Wald war und niemand sein Rufen hören würde. Warum habe ich nur nicht auf meine Frau gehört, dachte er. Auf alle Vieren krabbelte er weiter, doch er musste sich immer wieder ausruhen, denn sein Bein tat zu weh. „Ich werde es nicht nach Hause schaffen", sagte er zu sich „und wenn mich keiner findet, werde ich erfrieren." Unbewusst faltete er die Hände und fing an zu beten.

Unterdessen trabte das Pferd des Bauern in den Hof und blieb stehen. Als die Bäuerin es alleine sah, wusste sie, dass etwas passiert war. Ihre Kinder waren zu klein um ihr beim Suchen zu helfen, also musste sie zum Nachbarbauern gehen und um Hilfe bitten. Schnell lief sie hin. Als dieser hörte, was passiert war, spannte er sogleich sein Pferd an, und sie machten sich auf den Weg. Nach einer Stunde hatten sie den Bauern gefunden.

Es war schon dunkel, als sie zurück kamen und beim Doktor im Dorf läuteten. Zum Glück war er zu Hause. Nach gründlicher Untersuchung sagte der Doktor: „Du hast Glück im Unglück gehabt, dein Schienbein ist nur angebrochen. Ich mache dir einen Gips und du darfst das Bein dann eine Weile nicht belasten."

Als sie heim fuhren, sprach der Bergbauer zu seiner Frau: „Es tut mir so leid, nun können wir nicht mit den Kindern zur Christmesse fahren und den Weihnachtsbaum kann ich auch nicht aufstellen." Wieder im Hof angekommen, führte sie ihn ins Haus. Die Kinder riefen: „Vater, wie schön, dass du da bist! Hast du große Schmerzen?" „Halb so schlimm", sagte der Vater. Dann machten die Kinder die Stubentüre auf. „Schaut mal," sagten sie zu den Eltern. Da sahen sie es. Der Baum stand geschmückt da. Es duftete nach gutem Essen, und der Tisch war gedeckt." „ Wer hat denn das gemacht?", fragten die Eltern. „Das war unsere Nachbarin mit ihrer Magd", sagten die Kinder. Mit Tränen in den Augen schaute die Bäuerin den Bauern an: „Das Christkind hat uns ein schönes Geschenk gemacht. Gleich Morgen werde ich mich bei den Nachbarn bedanken." „Ja", sagte der Bergbauer, „es ist doch wunderbar, dass es so gute Menschen gibt." Nach dem Essen, als die Kinder ihre Geschenke auspackten, fing der Bergbauer an, mit ihnen Weihnachtslieder zu singen. Denn Schmerzen hatte er ja nicht im Hals, sondern nur im Bein.

Heut ist der Tag des Nikolaus

Heut ist der Tag des Nikolaus.
Passt auf, er kommt in jedes Haus.
Schon früh am Morgen stand ich auf
und wartete, dass er kommt rauf.

Kommt er zu mir mit schnellem Schritt,
so hoff ich, er bringt etwas mit.
Zu mir da kommt er dieses Jahr
zuerst, das war für mich ganz klar.

Kaum fang ich mit dem Frühstück an,
da läutet's Telefon so dann.
Ach du bist's, hör ich jemand sagen,
dann folgten nur noch viele Klagen.

Die Nachbarin vom Nebenhaus,
schüttet mir ihre Sorgen aus.
Ich sag ihr dann es tut mir leid,
den Nikolaus erwarte ich heut.

Kaum aufgelegt, da klingelt's wieder,
ich geh nicht dran, mir ist's zuwider.
Als ich koche mein Gemüse,
hör ich stapfen große Füße.

Das ist der Nikolaus, denk ich prompt,
ob er jetzt endlich zu mir kommt?

Der Postmann fragt, ob ich's Paket,
der Nachbarin annehmen tät.

Kaum sitz ich und da hör ich rufen,
„Eier für den Weihnachtskuchen".
Ich mach mir einen Kräutertee,
vielleicht ist Niklaus in der Näh.

Da kommt ein Mann ganz ärmlich an.
Das ist doch nicht der Weihnachtsmann.
Er spricht mich an und sagt: „Hallo,
gut Frau, ich komm von anderswo."

„Hier ist die Bild von meine Frau
und Kinder sieht man auch genau.
Bei uns kein Arbeit, wir sind arm.
Du haben Haus und drinnen warm."

„Ich bitte nur um Kleinigkeit,
dann wir zu Haus auch Heiterkeit."
Ich führ ihn rein, geb ihm vom Kuchen,
tu für ihn ein paar Kleider suchen.

Mein Herz ist froh, als er dann geht.
„Vielleicht ihr Nikolaus noch seht",
sagt er und lacht, läuft aus dem Haus.
Ob er es war, der Nikolaus?

Der falsche Freund

„Hallo, was machst du denn an Weihnachten? Gehst du auch in die langweilige Kirche?"

„Hey, was redest du denn für einen Quatsch, wenn jemand langweilig ist, dann bist du es." Robert antwortete dem Neuen in der Klasse etwas aufgebracht. Er hatte von Anfang an bemerkt, dass dieser Jens immer etwas anderes machen wollte als die meisten in der Klasse. Immer mischte er sich in Gespräche ein und störte, indem er anfing zu sticheln. Egal über was sich unterhalten wurde, zu allem gab es einen Kommentar, der meistens nicht stimmte. Robert hatte auch schon seinen besten Freund Jochen vor ihm gewarnt. Doch dieser fuhr total auf Jens ab, wie man so sagte. Er fand es ganz toll, wie Jens sich aufspielte und so welterfahren redete. Jens war erst seit kurzem mit seinen Eltern von Afrika nach Deutschland gekommen. Sein Vater war als Manager einer großen Firma hierher versetzt worden. Wenn Jens von Afrika erzählte, hing Jochen ihm an den Lippen. Für Jochen war es schon das reinste Abenteuer, dort geboren zu sein.

Jochen fragte Jens: „Und du? Gehst du nicht mit deinen Eltern in die Kirche?"

„Pah, Kirche, wir gehen nie in die Kirche, zu so etwas hatte mein Vater keine Zeit. Er sagte immer, da sollen nur die Armen hin, die bekommen da schöne Geschichten erzählt, glauben alles und sind dann wieder zufrieden."

„Aber Jens, was redest du denn für ein dummes Zeug, hast du denn im Religionsunterricht nichts mitbekommen!", rief Robert, der dabei stand, entsetzt. „Auf der ganzen Welt gibt es doch Ausgrabungen und Schriften aus der Zeit von Christus. Das sind keine Geschichten, das sind Tatsachen!"

„Ja und wenn schon! Ihr seht, man kann auch so leben", entgegnete Jens.

Jochen schaute ihn an und fragte: „Warst du denn nie in einem Religionsunterricht, kennst du gar nichts von der Bibel?"

Jens war kurz still, dann meinte er: „Es ist doch bestimmt wichtiger, gute Noten zu haben, als die Bibel zu kennen. Mein Vater sagt immer, nur Leistung macht sich bezahlt, alles andere findet sich."

„Aber jeder Mensch muss doch an irgendetwas glauben", entgegnete Robert.

„Ihr könnt ja glauben was ihr wollt. Ich gehe jetzt eine rauchen. Eure Unterhaltung ist mir zu langweilig."

Jens drehte sich um und ließ die beiden anderen stehen. Jochen wollte ihm noch nachgehen, aber Robert hielt ihn am Ärmel fest.

„Meinst du wirklich, dass das ein Freund für dich ist? Er geht nicht mal in unseren Jugendclub, nur weil ab und zu unser Jugendvikar hereinschaut. Weißt du, was ich glaube, er hat ein Problem mit sich selbst."

„Ach du immer mit deinen braven Sprüchen", erwiderte Jochen. „Er ist eben ganz anders wie wir. Ich finde das gut. Man kann doch auch mal etwas ausprobieren, was nicht so erlaubt ist". Jochen machte sich los und ging Jens nach.

Die drei Jugendlichen sahen sich jeden Tag in der Schule. Doch Jochen redete kaum noch mit Robert. Er stand immer ein bisschen Abseits mit anderen Schülern bei Jens. Der erzählte mit großen Gesten und rauchte verbotenerweise dabei.

Am folgenden Donnerstag, als sich wieder viele Jugendliche im kirchlichen Jugendraum trafen, wartete Robert vergeblich auf Jochen. Am nächsten Tag besuchte Jochen auch den Religionsunterricht nicht. Als die Schule aus war, passte Robert ihn ab und fragte, warum er nicht da gewesen wäre. Er hatte doch versprochen beim Krippenspiel mitzumachen.

Jochen antwortete keck: „Bei so einem Kinderkram mache ich nicht mehr mit, das ist höchstens was für kleine Kinder, aber doch nicht für mich!"

„Aber Jochen, es war doch immer so schön und die ganze Gemeinschaft mit den anderen... Wir wollten auch noch zusammen Weihnachtslieder auf der Gitarre üben, hast du das vergessen? Wir haben es doch unserem Pfarrer versprochen."

„Kann sein", entgegnete Jochen, „aber ich habe jetzt etwas anderes vor." Er drehte sich um und ging fort. Robert sah ihm nach und dachte, der Jens hat ihn total verdreht.

Es war Heilig Abend. Robert war mit seinen anderen Mitspielern noch im Nebenraum der Kirche und sie zogen sich die weihnachtlichen Gewänder an. Ein paar

Mal hatte er noch versucht, Jochen zu überreden, doch beim Krippenspiel mitzumachen. Aber der lachte nur überheblich und ging weiter. Die Glocken fingen an zu läuten und die Jugendlichen kamen in den Altarraum und spielten die Geburt Christi. Zum Schluss sang die ganze Gemeinde „Stille Nacht, Heilige Nacht". Plötzlich hörte man draußen das Martinshorn eines Krankenwagens und dann noch das Signal der Feuerwehr. Kurz darauf wurde die Kirchentüre aufgerissen und ein Name gerufen. Es war der Name von Jochens Eltern. Sie sollten schnell mitkommen, es wäre etwas passiert. Für einen Moment war es totenstill in der Kirche. Dann drängte alles hinaus, um zu erfahren, was geschehen war.

Es wurde ein trauriges Weihnachten. Jochen war mit Jens in einem gestohlenen Auto verunglückt. Jens war sofort tot gewesen. Später fand man Spuren von Drogen in seinem Blut. Jochen hatte schwere Kopfverletzungen. Es dauerte lange, bis Robert Jochen im Krankenhaus besuchen durfte. Das erste, was Jochen zu ihm sagte, als er wieder reden konnte, war: „Es war der falsche Freund!"

Ein kleines Wunder

„Mensch Alfred, dass man dich auch mal wieder sieht, wo warst du denn die ganze Zeit? Blass siehst du aus, warst du krank? Nun sag schon, was machst du hier vor dem Kaufhaus? Es sieht aus, als wolltest du dich an dem Abluftschacht wärmen. Hast du keine Arbeit?"

„Ich habe schon lange keine Arbeit mehr," entgegnete Alfred. Überall wo du nachfragst bekommst du zur Antwort „Sie sind schon zu alt, sie könnten doch in Frührente gehen."

„Die haben leicht reden," sagte Alfred. „Nächste Woche läuft meine Arbeitslosenhilfe aus, dann gibt es Sozialhilfe. Da bist du nur noch eine Nummer. Ich habe eine kleine Wohnung gefunden, für mich reicht sie allemal. Bin mein eigener Herr, kann machen was ich will. Jeden Tag gehe ich in meine Stammkneipe. Da bist du unter deinesgleichen und wirst nicht dumm angemacht. Und du Johann, was machst du? Erinnerst du dich noch daran, als wir zusammen bei Bloom und Voss arbeiteten?"

„Ja, Alfred, das waren noch gute Zeiten. Ich hatte eine Familie, eine schöne Wohnung außerhalb der Stadt, und die Kinder waren ordentlich. Bis man viele Arbeiter entlassen hat, und mich auch. Zu Hause waren wir nur noch am Streiten, hauptsächlich wegen dem Geld. Meine Frau sagte immer: Ein guter Schweißer bekommt auch Arbeit. Sie hatte doch keine Ahnung, eine Firma nach der anderen machte dicht. Eines

Tages ist sie dann auf und davon. Sie sagte, mit einem so wie mir könne sie nicht mehr zusammen leben. Und die Kinder gingen auch ihre eigenen Wege. Du kannst dir denken, da verliert man den Glauben an die Menschheit. Aber nun sag doch Johann, was machst du jetzt?"

„Ich lebe auch schon lange von der Sozialhilfe. Mein Traum, dass ich Arbeit in Papenburg in der Schiffswerft bekomme, hat sich ganz schnell zerschlagen. Sie haben ihr Stammpersonal und wenn dann mal Not am Mann ist, haben sie billige Leiharbeiter aus dem Osten. Außerdem gibt es in Ostfriesland auch genug Arbeitslose. Zur Zeit wohne ich noch in einem Gartenhaus."

„Ist das deine Geschichte?" fragte Alfred.

„So warte doch, es geht noch weiter. Fast jeden Tag kam ich hier an dem Kaufhaus vorbei, wenn ich zur ‚Aufwärmstube' gegangen bin. Letzte Woche hörte ich aus der offenen Türe das erste Weihnachtslied und blieb stehen. Auf einmal sprach mich ein junger Mann an. ‚Guten Tag, Herr Schrade, sie sind es doch? Ich bin der Junge dem sie damals das Fahrrad von ihrem Sohn geschenkt haben. Erinnern Sie sich? Genau am Heiligen Abend. Das war für mich das schönste Weihnachtsfest. Wir waren damals ganz arme Leute, und meine Eltern hätten mir niemals ein Fahrrad kaufen können.' Dann erzählte er mir, dass er in dem Kaufhaus als Detektiv angestellt sei und er fragte, was ich so mache. Als ich sagte, dass ich schon so lange nach einer Arbeit suche und wegen meines Alters immer Absagen bekäme, schaut er mich durchdringend an: ‚Herr Schrade, ich habe eine Idee. Würde es ihnen etwas ausmachen, drei Mal in der Woche für Sauberkeit vor dem Kaufhaus zu sorgen? Sie werden auch gut bezahlt.' Das war der Sohn von den Hansens, die waren damals unsere Flurnachbarn. Du kanntest sie doch auch. Und jetzt habe ich wenigstens ein bisschen was zu tun und komme mir nicht so nutzlos vor. Du siehst, es gibt doch noch gute Menschen."

„Ach Johann, vielleicht zur Weihnachtszeit, aber sonst? Später legt sich das ganze wieder, und die Menschen sind wie vorher."

„Alfred, für mich ist das ein kleines Wunder, dass er mich überhaupt erkannt hat." „Na ja, du hast dich ja auch nicht so arg verändert."

„Jetzt mal was anderes, ich habe eine Bitte an dich."

„Nur zu, Johann, wenn ich dir helfen kann, recht gerne. Vorher muss ich dir aber noch etwas erzählen. Es ist für mich auch wie ein kleines Wunder."

„Schon wieder eines."

„Ja. Als ich hier vor ein paar Tagen Papier auflas, merkte ich, dass mir etwas auf den Fuß fiel. Unter Gestoße und der Bemerkung eines Fußgängers, ich sei wohl betrunken, bückte ich mich und hob einen Lederhandschuh auf. Ungefähr zehn Meter weiter sah ich eine Frau, die sich suchend umschaute. Ich winkte mit dem Handschuh und ging auf sie zu. Ein freudiges Lächeln glitt über ihr Gesicht. Es war ihr Handschuh. Sie bedankte sich vielmals bei mir und sagte, dass sie die

Lederhandschuhe erst gekauft hätte und sie nicht billig gewesen wären. Dabei bemerkte ich, wie sie mich von oben bis unten musterte. Und dann fragte sie, ob sie mich mal zum Essen einladen dürfte. Stell dir vor, Alfred, eine fremde Frau lädt mich zum Essen ein."

„Na, wer weiß, was das für eine ist. Vielleicht will sie was von dir".

„Quatsch! Ehe ich etwas antworten konnte sagte sie: ‚Bitte sagen sie nicht nein, oder haben sie eine Familie?' Überrascht schüttelte ich den Kopf. ‚Aber einen Freund haben Sie doch, den können Sie gerne mitbringen.' Sie schrieb die Adresse auf einen Zettel, gab ihn mir, sagte noch ‚Versprochen?' und ging fort. Ehe ich etwas sagen konnte, war sie im Menschengewühl verschwunden."

„Und, was stand auf dem Zettel?"

„Stadtteil St. Georg, rechtes Haus neben der St. Georg Kirche, Sonntag, 4. Advent, 12 Uhr. B. Heinike."

„Du willst doch nicht hingehen oder? Soweit ich mich erinnere, stehen keine Häuser neben der Kirche, nur das Pfarrhaus."

„Lieber Alfred, du bist mein einziger Freund. Was hast du denn gegen ein gepflegtes Essen einzuwenden? Oder hast du Angst vor einer Frau?"

„Vielleicht ist das eine Pastorin?"

„Wir zwei haben nichts mehr zu verlieren, sondern nur noch zu gewinnen, meinst du nicht auch?"

Am vierten Advent um zwölf Uhr läuteten sie in St. Georg an der Türe mit dem Schild B. Heinike. Es wurde für Johann der Beginn eines neuen Lebens.

Ein Stern

Ein Stern erstrahlt die ganze Nacht,
er hat den Menschen Glück gebracht.
In dieser weihnachtlichen Zeit,
zeigt er den Weg, macht euch bereit.

Geht hin und öffnet Herz und Mund,
singt mit und macht es allen kund,
dass unser Heiland ist geborn,
kein Mensch ist bei ihm je verlorn.

Er ist für uns der Freudenstern,
der uns den Weg zeigt, zu dem Herrn.
Kommt alle, schaut euch an das Kind,
das ihr in seiner Krippe find.

Ob alt, ob jung, macht euch bereit,
von allem Dunklen es befreit.
Auch Ochs und Esel sind schon da
und oben singt die Engelschar.
Sie loben Gott mit hellem Schall,
kommt her ihr Menschen, kommet all.

Das Mädchen und der Nikolaus

Zafira lebte mit Vater und Mutter in einem Hochhaus am Stadtrand. Es war noch nicht lange her, dass sie nach Deutschland gekommen waren. In dieses Haus hatten sie einziehen müssen, weil die Mieten in der Stadt sehr hoch waren und Ausländer nicht gerne genommen wurden. Sie lebten einfach und bescheiden. Vater arbeitete bei der Müllabfuhr. Doch da er öfters krank war, brauchten sie auch immer Geld für die Arznei. Mutter konnte durch Putzen ein bisschen Geld dazu verdienen. Zafira war nach der Schule immer alleine zu Hause und wartete sehnlichst auf die Mutter, denn in diesem Haus gab es keine Kinder, mit denen sie spielen konnte.

Heute war das Wetter schön, und so nahm Zafira wie so oft ihren Ball, warf ihn ein paar mal an die Wand des Hauses und fing ihn wieder auf. Als sie sich umschaute, sah sie etwas Helles, das sich am Wiesenrand auf und ab bewegte. Neugierig ging sie dort hin. Sie sah einen Mann, der in einen langen Mantel eingehüllt war. Von seinem Gesicht konnte man nur die Augen und die Nase sehen,denn ein grauer Bart bedeckte alles andere. Auf dem Kopf trug er eine große Fellmütze. Zafira empfand keine Angst, auch nicht als er mit rauer Stimme fragte, was sie denn hier wolle. Sie schüttelte den Kopf und dachte an ihre Sitznachbarin Renate, aus der Schule. Diese hatte ihr erzählt, dass vor Weihnachten der Nikolaus käme und wie er aussah.

Genauso sah dieser Mann aus. Das musste er sein, der Nikolaus. Zafira war davon fest überzeugt. Renate hatte erzählt, dass er den braven Kindern ein Geschenk brachte und man ihm auch Wünsche an das Christkind mitgeben konnte.

Bei ihnen zu Hause gab es kein Christkind, keinen Nikolaus und keine Weihnachten. Geschenke gab es an anderen Tagen, an Geburtstagen oder am Zuckerfest. In dem Land aus dem sie kamen, sagten sie zu Gott Allah und alle verehrten den Propheten Mohammed.

Zafira sah hinter dem Mann eine Decke und viele Plastiktüten herum liegen. Eine große Plastikplane war mit Stöcken als Zelt aufgestellt. „Sie sind doch der Nikolaus, warum leben Sie nicht in einem schönen Haus?", fragte Zafira. Der Angesprochene sah sie erstaunt an, dann sagte er schnell: „Ach das ist eine lange Geschichte." „Meine Freundin in der Schule sagte mir, dass Sie die Wünsche der Kinder an das Christkind weitergeben können", entgegnete Zafira. „Mag schon sein," brummte der Mann, „vielleicht treffe ich es. Was wünscht du dir denn so dringend?" „Ich wünsche mir, dass mein Vater in unserer Heimat gut bezahlte Arbeit findet und wir wieder dorthin zurück können. Meine Mutter weint sehr oft, weil sie so Heimweh nach Oma und Opa und ihren Geschwistern hat."„So, so", sagte der angebliche Nikolaus", das ist ja traurig. Ich werde sehen was sich machen lässt."

Aus seiner Manteltasche zog er eine Tafel Schokolade heraus und gab sie dem Kind. In seinem Rucksack hatte er noch mehr davon, denn zur Weihnachtszeit waren die Menschen immer freigiebiger als sonst und das Kind rührte sein Herz. Zafira bedankte sich artig und ging freudig nach Hause.

Der Mann stand da und sah dem Kind nach. Das Mädchen hatte ihn in seinem Innersten getroffen. Alles was er trotzig lange verdrängt hatte, kam ihm nun wieder ins Bewusstsein. Von heute auf morgen war er von zu Hause fortgegangen und hatte alles was ihm lieb und teuer war, zurückgelassen. Er war einfach vor sich selber geflohen, weil er sich nicht auf seine eigenen Gefühle einlassen wollte. Es war kein Streit gewesen, der ihn zum Fortgehen gedrängt hatte, nein, er hatte nicht glauben können, dass ein schwacher Mensch auch geliebt wurde.

Vielleicht gehe ich dieses Jahr mal wieder zu Weihnachten in die Kirche und wenn ich nur für das Kind bete, sagte er zu sich. Nachdem er einen großen Schluck aus der Flasche getrunken hatte, packte er seine sieben Sachen zusammen und suchte sich einen neuen Schlafplatz. „Vielleicht finde ich noch einen Platz unter der Brücke", murmelte er, denn dem Kind wollte er nicht mehr begegnen.

Die Heimkehr

Endlich konnte er sich dazu aufraffen. Wochenlang hatte er mit sich gerungen. Sollte er, oder sollte er nicht? Doch jetzt war es so weit. Jedes Mal, wenn er in die Kneipe gekommen war, hatten seine Kumpel gestichelt, wann er denn nun endlich fort ginge. Ursprünglich hatte er Bäcker gelernt, doch die Arbeitszeiten behagten ihm nicht und er schmiss alles hin, wie man so schön sagt. Irgendetwas wollte er schon machen, nur was, das fiel ihm noch nicht ein. Seine Freunde, oder besser seine Kneipenkumpel, hatten auch keine Jobs. Einige hatten Krankheiten, die sie von normaler Arbeit abhielten. Meist hatten aber alle anderen Schuld an ihrer Misere, nur nicht sie selbst. Eine Zeit lang gefiel es ihm, jeden Tag mit ihnen zu diskutieren, zu rauchen und zu trinken. Im Innersten musste er sich aber eingestehen, dass es so mit ihm nicht weitergehen konnte und er fasste einen Entschluss. Jetzt war es also so weit. Mit gepackten Rucksack flog er nach Südamerika. Im Fernsehen hatte er einen Film über Auswanderer gesehen, die dort ihr Glück gemacht hatten. Naja, was man eben unter Glück verstand. Es war das erste Mal, dass er in einem Flugzeug saß. Er beobachtete die anderen Leute und versuchte sich vorzustellen, was sie wohl in Südamerika zu tun hatten.

Neben ihm saß ein älterer Herr und blätterte in einer Zeitung. Nach einer Weile bot er ihm die Zeitung an. Er dankte dem älteren Herrn und sagte, dass er kein Spanisch könne, nur ein bisschen Englisch. „Nun", meinte der Herr, „mit Englisch kommen Sie auch in Südamerika durch." Eine Weile redeten sie nichts mehr, doch dann fing der ältere Herr an, ihn über sein Leben auszufragen.

Am Zielort angekommen gingen beide zusammen aus dem Flughafengebäude. Der Ältere winkte einem Taxi und forderte den Jüngeren auf einzusteigen. Dieser zögerte nur kurz, setzte sich aber dann doch hinein. Sie fuhren lange durch die Hauptstadt Quito, bis das Auto vor einem großen, mit Mauern umgebenen Grundstück stoppte. Der ältere Herr bezahlte die Fahrt und bat den Jüngeren mit ihm zu kommen. Das Haus war in kolonialem Stil gebaut. Hohe Fenster, vor denen ein umlaufender Balkon lag, versprachen ein helles, freundliches Wohnen. Es war wirklich schön anzuschauen, genauso wie der Garten ringsum. Eine ältere Frau begrüßte den jungen Mann herzlich, so als wäre er ein guter Bekannter. „Ich bin die Frau dieses Herren und mein Name ist Honoria Albatros. Sie möchten doch bestimmt in der Firma meines Mannes arbeiten oder was führt sie nach Ecuador?" „Meine Liebe, der junge Mann ist das erste Mal in unserem Land und ich glaube, er weiß noch nicht, was er tun möchte," entgegnete der Gatte. „Vielen Dank", murmelte der junge Mann, „mein Name ist Norbert Niemand." Und er nickte der Frau zu. „Und wie ein Niemand habe ich mich immer gefühlt. Ihr Mann sagte, dass ich bei Ihnen wohnen könne, bis ich eine Arbeit gefunden habe." „Lieber Norbert, das dürfen Sie, wenn Sie mir ein bisschen zur Hand gehen", antwortete die Frau daraufhin.

Das alles lag nun schon ein ganzes Jahr zurück. Diesen Mann im Flugzeug kennen zu lernen und dass er ihn als völlig Fremden einfach mitgenommen hatte, kam ihm so unwirklich vor, dass er glaubte, jeden Moment aus diesem Traum aufwachen zu müssen. Sie behandelten ihn wie einen Sohn und er durfte mit Herrn Albatros quer durch das Land mitfahren, wenn dieser seine Kunden besuchte. Ja und diese Kunden waren kleine Firmen, die Backwaren herstellten. Und das kam ihm wie ein noch größeres Wunder vor. Er lernte im Schnellgang Spanisch, bekam Arbeit bei Herrn Albatros und durfte bald als zweiter Chef eine kleine Firma leiten und Backwaren nach deutschem Muster backen. Natürlich war nicht immer alles einfach, doch sein freundliches Wesen und sein Fleiß trugen gute Früchte.

Jetzt saß er wieder im Flugzeug, um die alte Heimat zu besuchen. Er hatte Heimweh bekommen, was er nie für möglich gehalten hatte. Aber irgendwann hatte die Sehnsucht ihn gepackt und nicht wieder losgelassen. Als er in seiner Heimatstadt ankam, regnete es. Er sah den weihnachtlichen Schmuck an den Häusern und die Tränen schossen ihm in die Augen. Eine Erinnerung aus seiner Kindheit kam ihm in den Sinn. Er saß mit seinen Eltern und Verwandten in der Kirche und alle sangen mit der Gemeinde ein Weihnachtslied. Es rührte ihn so, dass er stehen bleiben musste. Immer mehr

Erinnerungen stürzten auf ihn ein, während er im strömenden Regen stand und in die Ferne starrte. Sein Herz tat ihm weh. Alles hatte er verdrängt gehabt, weil er nicht so leben wollte wie seine Eltern. Er war mit den Sprüchen: „So war es schon immer" und „Was sagen die Leute" aufgewachsen und je öfter er sie hörte, um so verhasster waren sie ihm geworden.

Mit dem Taxi ließ sich zur alten Kneipe fahren. Drinnen hatte sich nichts verändert, nur an den Wänden waren Weihnachtsgirlanden angebracht. Zwei seiner Kumpel standen am Tresen. Als sie ihn sahen, klopften sie ihm lautstark auf die Schulter und forderten ihn auf zu erzählen. Doch er hatte keine Lust dazu, seine Gedanken hingen immer noch den ungewollten Erinnerungen hinterher. Er sah die Frau an, welche ihm das Bier einschenkte. Sie war neu hier und sie gefiel ihm. Auch ihre Stimme empfand er sehr angenehm. Sie unterhielten sich und nach einer Weile fragte er sie, ob sie mit ihm nach Ecuador gehen würde. Sie sah ihn lange an, antwortete ihm aber nicht auf seine Frage. Nach einer Weile fragte sie ihn: „Morgen ist Weihnachten, gehst du mit in die Kirche?"

Zusammen besuchten sie den Gottesdienst und es kam eine wunderbare Ruhe über ihn. Er brauchte nicht mehr nach dem Sinn des Lebens suchen. Er hatte alles gefunden, auch Gott.

Onkel Ferdinand

Jedes Jahr zu Weihnachten besuchte uns Onkel Ferdinand. Er war schon immer das schwarze Schaf in der Familie gewesen. Bereits in der Schule hatte er Streiche gespielt und oft mussten seine Eltern dort erscheinen. Mit Mühe und Not und nur unter gutem Zureden seines Patenonkels, brachte er die Lehrzeit als Maschinenschlosser hinter sich. Danach war er für ein paar Monate verschwunden und tauchte eines Tages wieder auf. Mit großen Gesten erzählte er, dass ihn ein Freund nach Kanada mitgenommen hatte. Doch immer Holz zu fällen und dann noch in der Kälte, wäre nicht sein Ding gewesen. Jetzt reise er als Vertreter durch ganz Deutschland und verkaufe die besten Messer der Welt. Von einer Firma aus Solingen. Uns Kinder störte das überhaupt nicht. Wir freuten uns immer riesig, wenn wir hörten, dass er bald kommen würde. Die Tage mit ihm waren nie langweilig. Er konnte nämlich viele spannende Geschichten von seinen Fahrten erzählen. Und lustige Einfälle hatte er allemal und brachte damit unsere Eltern an den Rand der Verzweiflung. Wenn er mit einem orientalischem Hemd durch unser Dorf schritt und das noch bei Schnee, schüttelten die Bewohner nur noch den Kopf und viele zeigten ihm einen Vogel. Ihn störte das überhaupt nicht, er lachte und amüsierte sich. Unsere Mutter bat ihn öfters, sich doch gescheit anzuziehen, doch er entgegnete nur, er tue doch nichts Böses und schade doch keinem.

Nun, drei Tage vor Weihnachten, war er wieder gekommen, auf einem Motorrad. Es war eine Horex Regina. Zu dieser Zeit in den fünfziger Jahren, war das ein Traum. Wir fragten natürlich, woher er das viele Geld für das Motorrad hätte, doch er verriet es uns nicht, es wäre ein Geheimnis.

Jedes Jahr waren wir gespannt, was für ein Geschenk er uns mitbringen würde. Letztes Jahr bekamen mein Bruder und ich je ein kleines Spielzeugauto. Da wir nicht mehr an das Christkind glaubten, lagen die Geschenke bis zur Bescherung einfach unter dem Christbaum bereit. Spannend war es allemal und das lange Essen vor der Bescherung war eine Qual für uns.

Gestern hatte Onkel Ferdinand erzählt, dass er zu diesem Weihnachtsfest ein Geschenk für alle hätte. Es stellte sich heraus, dass er eine Gans mit gebracht hatte, die er selbst für die Familie braten wolle.

Mutter zögerte lange, denn sie traute seinen Kochkünsten nicht. Er schilderte ihr jedoch haargenau, wie er es machen würde und das Kochen hätte er ja in Kanada gelernt. Schweren Herzens gab sie nach. Unser Vater drohte, wenn er wieder etwas anstellen würde, wäre er das letzte Mal hier gewesen. Den ganzen Abend durfte niemand die Küche betreten, außer wir Kinder, denn wir mussten Onkel Ferdinand zur Hand gehen. Es wurde ein anstrengender Heiliger Abend für uns, denn wir hatten noch nie Kartoffel für den Kloßteig gekocht und dann geknetet. Onkel Ferdinand würzte und schmeckte ab, derweil die Gans im Ofen schmorte. Langsam füllte sich die Küche mit vielerlei Gerüchen.

Wir hatten viel aufzuräumen und sauber zu machen. Später schickte uns Onkel Ferdinand zum Tischdecken in das Wohnzimmer. Mutter hatte mit Vater bereits den Baum geschmückt und noch einmal vor dem Haus Schnee weggefegt. Dann gingen wir uns alle umziehen.

Die Familie versammelte sich feierlich im Wohnzimmer und wartete auf ein Zeichen von Onkel Ferdinand, dass es Essen geben würde. Jetzt, da fast alles fertig war, durften auch wir Kinder nicht mehr in die Küche schauen. Die Türe war abgeschlossen, was es noch spannender machte. Mutter wurde sichtlich nervös, weil sie aus der Küche keinen Ton mehr hörte. Sie zog hörbar die Luft in die Nase und sagte: „Irgendwie riecht es sonderbar, gar nicht nach einer Weihnachtsgans, meinst du nicht auch Oskar?" Vater fuhr in die Höhe, als hätte ihn jemand in den Hintern gestochen. Er rannte an die Küchentüre, rüttelte heftig am Türgriff und hatte ihn sogleich in der Hand. Mutter erstarrte. Vater fing nun an, an die Türe zu klopfen. Dann rief er laut, Onkel Ferdinand solle sofort die Türe auf machen, sonst passiere ein Unglück. Dass die Beiden sich nicht sonderlich mochten, wussten wir, aber was sonst? Wir bekamen Angst, denn wir verstanden überhaupt nichts mehr. Auf einmal krachte Vater mit der ganzen Türe in die Küche und knallte auf den Küchentisch. Mutter rannte hin und half Vater sich wieder aufzurichten. Sie hoben die Türe auf und lehnten sie an die Wand. Dann sahen sie die Bescherung. Die Gans, oder wie man es noch nennen sollte, klebte auf dem Küchentisch. Der heftige Schlag hatte sie auf die Hälfte eingestampft. Komisch war nur, dass aus ihrem Hinterteil eine zähe, braune Flüssigkeit rann, was sich nach näherer Untersuchung als Schokolade herausstellte. Unsere Eltern standen verdutzt da und sagten nichts mehr. Onkel Ferdinand war nicht in der Küche. Also liefen wir Kinder durch das ganze Haus und suchten und riefen, konnten ihn aber nicht finden. Mutter weinte und Vater schimpfte vor sich hin. Auf einmal hörten wir Ferdinands Motorrad, wie es vor dem Haus anhielt. Keiner hatte ihn weg fahren hören. Die Tür ging auf und Ferdinand kam lachend hereingestürmt und rief laut: „Ich war nur schnell im Wirtshaus und habe mit meiner zukünftigen Frau telefoniert und ihr fröhliche Weihnachten gewünscht. Demnächst stelle ich sie euch vor! So, und jetzt lade ich euch zu einem köstlichen Weihnachsessen ein, einer neuen Kreation von mir!"

Wir aßen die zerquetschte Gans mit Schokofüllung und Klößen. Die Nachspeise war auch nicht zu verachten. Vater entschuldigte sich, dass er Ferdinand nichts zugetraut hätte und sie stießen mit ein paar Magenbitter darauf an. Aber wie war Onkel Ferdinand unbemerkt aus der Küche gekommen? Natürlich durch das Fenster. Ja, solche Sachen waren Onkel Ferdinand nicht fremd.

Endlich war es Zeit für die Bescherung. Wir durften

die Geschenke von unseren Eltern auspacken. Dann schauten wir Onkel Ferdinand fragend an. Er stand auf und ging in den Flur. Mit einem großen Karton kam er wieder herein und stellte ihn vor uns hin: „Wenn ihr das Geschenk nicht wollt, nehme ich es wieder mit." Er öffnete den Karton und hob etwas weißes, haariges heraus. Es war ein kleiner Hund, so wie wir ihn uns schon lange gewünscht hatten. „Danke, danke, Onkel Ferdinand!", riefen wir zusammen. Alles andere war für uns unwichtig geworden.

Vater lud Onkel Ferdinand und seine zukünftige Frau zu Neujahr ein. Er wollte sich selbst davon überzeugen, ob diese Frau es fertig bringen würde, Ferdinands verrückte Ideen in richtige Bahnen zu lenken. Den Hund nannten wir übrigens Ferdi und Weihnachten feierten wir viele Jahre bei Onkel Ferdinand und Tante Karin.

Großvater und der Weihnachtsbaum

Wie in jedem Jahr war es auch diesmal Großvaters Aufgabe, den Christbaum zu besorgen. Schon wochenlang hatte er in seinem Waldstück nach dem schönsten Baum Ausschau gehalten. Eine schlanke Tanne sollte es sein, damit sie nicht zu viel Platz im Wohnzimmer einnahm. Er machte daraus eine wichtige Sache und ging immer alleine in den Wald. Nun hatte er eine gefunden, sägte sie ab und trug sie durch den tiefen Schnee auf der Schulter nach Hause. In der kleinen Scheune neben dem Haus hackte er das Ende des Stammes für den Christbaumständer zurecht. Probehalber klammerte er ein paar Kerzen an die Zweige und zündete sie an. Er setzte sich in seinen alten Sessel und war mit seiner Arbeit sehr zufrieden. Bald würden die Kinder mit den Enkeln kommen.

Es wurde ihm ein bisschen kalt und so holte er aus dem ausrangierten Küchenschrank in der Ecke eine Flasche Schnaps, die er für solche Fälle hier versteckt hatte. Er setzte die Flasche an und nahm einen ordentlichen Schluck. Doch es blieb nicht der einzige und mit einem Mal wurde er müde. Ganz feierlich war ihm zumute und er schlief ein.

In seinen Träumen bestieg er Berge, die er schon immer besteigen wollte. Er ruderte auf Seen und flog mit einem Flugzeug über fremde Länder. Auf einmal stand er vor einem Stall. Als er hineinschaute, sah er Maria und Josef bei dem Jesuskind an der Krippe sitzen. Ein paar Tiere und Engel waren auch dabei. Es war alles genauso, wie es in der Bibel stand. Er reihte sich in die Schlange der wartenden Hirten ein, die das Christuskind sehen und beschenken wollten. Als er schon kurz vor der Krippe war, stockte er. Er hatte ja kein Geschenk für das Kind, schoss es ihm durch den Kopf. Darüber wurde er so verzweifelt, dass er anfing zu weinen. Das Jesuskind aber sprach ihn an und sagte: „Du brauchst mir nichts zu schenken, du bist ja selber da und schenkst dich mir. Das ist das schönste Geschenk."

Das Wasser an seinen Füßen war kalt und unangenehm. Er fuhr aus seinem Traum hoch und begriff erst langsam, was geschehen war. Der Baum hatte Feuer gefangen. Oma, die schauen wollte, wo er denn so lange blieb, hatte es gerade noch geschafft, die Flammen zu löschen. Sie machte ihm keine Vorwürfe. „Mein lieber Mann," sagte sie zu ihm, „ich glaube, ich muss mich mehr um dich kümmern. Komm, du musst dich umziehen, bevor die Kinder da sind."

„Aber der Weihnachtsbaum...", setzte Großvater an.

„Ich werde die Kinder anrufen und fragen, ob sie nicht ein bisschen früher kommen können, um einen Baum aus dem Wald zu holen", entgegnete Oma.

Gesagt, getan.

Als die Enkel mit ihrem Vater einen schönen Baum nach Hause brachten, waren sie stolz und glücklich. Sie stellten den Baum ins Zimmer und die Mutter schmückte ihn. Der ältere von den Enkeln ging zum Großvater: „Siehst du Opa, wir können das auch, das werden wir jetzt immer so machen und du darfst dich ausruhen."

Später, als Großvater mit Oma allein war, sagte er zu ihr: „Bin ich denn jetzt zu gar nichts mehr nütze? Dann brauche ich doch gar nicht mehr da sein."

„Mein lieber Mann, du wirst schon noch gebraucht! Du kannst deinen Enkeln noch vieles zeigen und erzählen. Hast du nicht bemerkt, dass sie auch mal etwas für dich tun wollten?"

„Meinst du wirklich?", fragte Opa.

Oma nickte lächelnd und strich ihm über das Haar.

Nachweihnacht

Wie schön auch ist die Weihnachtszeit,
einmal ist sie vorbei.
Man räumt und schiebt, was man gehabt,
weg nun so allerlei.

Das neue Jahr, es kommt herbei.
Noch leise singt man Weihnachtslieder.
Mit Wünschen für das neue Jahr
kommt auch der Alltag wieder.

Die Vorsätze sich vorgenommen,
was man jetzt besser machen kann.
Nur gut, wenn leise man gesprochen,
sei es nun Frau oder auch Mann.

Die Hoffnung, dass sich alles wendet,
ist nur im Glauben daran gut.
Wie oft hat man sich's eingebildet,
gefehlt hat meist der Mut.

Inhalt